A punta
de cuchillo

Alex Van Tol

Traducido por
Eva Quintana Crelis

orca soundings

ORCA BOOK PUBLISHERS

D.R. © 2010 Alex Van Tol

Derechos reservados. Prohibida la reproducción o transmisión total o parcial de esta obra por cualquier medio o método, o en cualquier forma electrónica o mecánica, incluso fotocopia o sistema para recuperar información, conocido o por conocerse, sin permiso escrito del editor.

Catalogación para publicación de la Biblioteca y Archivos Canadá

Van Tol, Alex
[Knifepoint. Spanish]
A punta de cuchillo : (knifepoint) / written by Alex Van Tol.

(Orca soundings)
Translation of: Knifepoint.
Also issued in electronic format.
ISBN 978-1-55469-863-9

I. Title. II. Title: Knifepoint. Spanish.
III. Series: Orca soundings
PS8643.A63K5318 2011   JC813'.6   C2010-908092-0

Publicado originalmente en Estados Unidos, 2011
Número de control de la Biblioteca del Congreso: 2010942213

Sinopsis: Jill tiene un trabajo de verano brutal en un rancho en las montañas, guiando a vaqueros aficionados en paseos a caballo por el campo. Durante una excursión con un guapo desconocido, Jill se encuentra de pronto en una lucha de vida o muerte, sin nadie que pueda ayudarla.

La editorial Orca Book Publishers está comprometida con la preservación del medio ambiente y ha impreso este libro en papel certificado por el Consejo para la Administración Forestal.

Orca Book Publishers agradece el apoyo para sus programas editoriales proveído por los siguientes organismos: el Gobierno de Canadá a través de Fondo Canadiense del Libro y el Consejo Canadiense de las Artes, y la Provincia de British Columbia a través del Consejo de las Artes de BC y el Crédito Fiscal para la Publicación de Libros.

Portada diseñada por Teresa Bubela
Imagen de portada de Getty Images

ORCA BOOK PUBLISHERS
PO Box 5626, Stn. B
Victoria, BC Canada
V8R 6S4

ORCA BOOK PUBLISHERS
PO Box 468
Custer, WA USA
98240-0468

www.orcabook.com
Impreso y encuadernado en Canadá.

14 13 12 11 • 4 3 2 1

*Para Barb y Jan, que me recordaron
que era escritora.*

Capítulo uno

Voces, muy fuertes y repentinas, me arrancan de un sueño. Confundida, trato de sentarme. Pero no puedo. Se siente como si me hubieran atado a la cama con un millón de hilos diminutos. Me obligo a abrir un ojo. Giro la cabeza. El radio reloj dice *6:44*. Las voces siguen gritando. Vienen de la radio. La misma radio con la que he despertado los últimos treinta y cinco días, a la misma hora insensata.

Sólo que cada mañana se vuelve más difícil.

Levanto la cabeza y miro las paredes de madera. Un millón de puñales microscópicos se disparan por mi cráneo. Agh. Me apoyo en un codo y aprieto el botón de dormitar. Los puñales se convierten en martillos y se propagan por todo mi cuerpo. Unos mil se van a trabajar a las plantas de mis pies. Me siento en la cama tratando de no rozar el suelo. Todavía no puedo enfrentar esa agonía. En medio de un bostezo me estiro para agarrar unos calcetines. Tengo que empezar a acostarme más temprano. No puedo seguir funcionando con cinco horas de sueño por noche. No cuando mi empleo me da una paliza todos los días.

El marco metálico de la cama chirría cuando me impulso para levantarme. Aayy, ay. Podría morirme ahora mismo. Si un asesino serial asomara la cabeza en mi cuarto y se ofreciera para acuchillarme en este momento, le diría que sí, que adelante. Me pregunto si es normal que me duelan tanto los pies.

Bueno, sí, tal vez lo sea, después de catorce horas de trabajo y de otras cinco bailando sin parar. ¡Pero es tan divertido!

Miro otra vez el reloj. *6:53*. Meto los desesperados pies en mis botas de vaquero. Las miro. Están asquerosas, cubiertas de bosta por las lluvias de julio. Se supone que no debo usarlas en el dormitorio, pero qué más da. No puedo sacarles la mugre ni con un cepillo. Ya lo he intentado. También el borde de mis chaparreras está completamente sucio. En una pena. Gasté mucho dinero en mandarlas hacer a la medida. Eso fue antes, cuando creía que iba a ganar $12,50 la hora.

Antes de descubrir que lo que James en realidad quiso decir fue $1250 *al mes*.

A punta de cuchillo

Trabajo de esclavos, eso es lo que es. Kristi y yo hicimos el cálculo hace unas semanas, un par de días antes de que ella abandonara el rancho para buscar un empleo en la ciudad con un sueldo decente. Resulta que gano unos $4,46 por hora. Y el trabajo de vaquero es muy duro: apilar pacas de heno, ocuparse de las sillas de montar, arrastrar baldes de grano, empujar y tirar todo el día de animales de 1,500 libras de peso.

Pensar en los caballos me pone en movimiento. El primer turno en el granero empieza a las siete y llegar tarde es un horror. Si empiezas la mañana con retraso, te pasas el día entero tratando de ganarle al reloj.

Dejo a las demás durmiendo en el cuarto y cierro suavemente la puerta detrás de mí.

El aire frío de la mañana me aguijonea la garganta mientras cojeo por la hierba hacia la casa principal. Los pies me están matando. El abundante rocío oscurece mis botas. Dios mío, se siente como si el invierno ya estuviera por llegar. Estoy tiritando y deseando haber traído mis guantes.

Abro la puerta mosquitera que lleva a la cocina. Steve, el cocinero de la mañana, me da un panecillo de pasada. Es un buen tipo, pero parece como si acabara de escapar de una prisión de máxima seguridad. Quién sabe, tal vez así fue. Aquí no son muy estrictos con sus prácticas de contratación. Steve tiene tantos tatuajes, que no es fácil encontrar piel sin tinta en sus brazos. De todas formas me cae bien. Me da de comer gratis. Los otros cocineros nos hacen marcar la tarjeta de comidas hasta por un paquete de galletas.

—Te ves como la mierda, Jill —me dice muy alegre.

—Bésame las chaparreras, salsero —le gruño por encima del hombro.

Steve se ríe.

—Con gusto —me ladra enseguida.

Parada técnica en la cafetera. Después me voy directamente al establo. Con suerte no habrá un paseo a caballo a las 9:00. Si no lo hay, podré volver al restaurante y desayunar en forma luego de ensillar los caballos.

Cuando llego al establo no veo a nadie. Me lo imaginé. Carrie y Laura tomaron muchísima cerveza anoche. No es la primera vez que no aparecen a la hora de sus turnos. Y estoy segura de que no será la última. A esas dos las dejan hacer cualquier cosa. Idiotas. Si *yo* me quedara dormida alguna vez y llegara tarde, seguro que me iría mal. Pero ellas son las abejas reinas, así que mantengo la cabeza baja y la boca cerrada.

Al verme, *Whiskey* me saluda con un resoplido. Le doy un rápido cepillado, le pongo una manta y la silla al lomo y le paso la brida por el suave hocico.

¿Dónde está Kim? Casi me daría alegría ver su malhumorado trasero marchando por el corral esta mañana, maldiciendo a los caballos al azar y pateando a todos los que la ven con mala cara. Es una completa bruja. Pero tengo que reconocer que hace un buen trabajo en el establo. Si estuviera aquí, ya habría sacado de la cama a Carrie y a Laura, tirando de sus largas y sensuales cabelleras. Es la única que se atrevería a hacerlo.

Ahora me acuerdo. Es el día libre de Kim. Maldición. Ni Kim ni Carrie ni Laura. Nadie más en el turno de la mañana. Voy a tener que reunir sola a los caballos.

A los sesenta caballos yo sola.

Aplaco las mariposas de mi estómago y me subo al lomo de Whiskey. La dirijo hacia el apacentadero nocturno. No tengo idea de si seré capaz de reunir a cinco docenas de caballos y de llevarlos en un prolijo rebaño hacia el granero. No soy una vaquera nata, ni de casualidad. Hasta donde sé, nadie ha sacado nunca a los caballos sin apoyo. Qué suertuda. ¿Pero qué otra me queda? Estoy ansiosa de que una de las bellas borrachas llegue tambaleándose. Pero podrían faltar horas. Para entonces habrá clientes haciendo fila junto a las cercas del corral, listos para pasear a caballo por los senderos.

Tengo que lograrlo.

Al llegar, Whiskey y yo hacemos una rápida revisión del perímetro por el apacentadero nocturno. Chasqueo el látigo y los caballos se mueven hacia la verja. Espero a que todos estén apiñados contra la cerca; todas las narices, los cuellos y los traseros apretujados en una tibia masa inquieta. Whiskey y yo nos embutimos por un lado para llegar a la salida. Contengo el aliento y suelto el pestillo. La verja se abre con un crujido, impulsada por una docena de caballos hambrientos.

Chasqueo el látigo.

—¡Arreeeee! *¡Vamos, chicos!*

Sobresaltados, los caballos se precipitan por la salida y galopan por el camino hacia el granero.

Excelente. *¡Muy bien, Jill!* Taconeo a Whiskey y nos alejamos dando tumbos, muy cerca de los otros caballos. "¡Arreeeee!", grito una y otra vez y chasqueo el látigo. Los caballos avanzan como un trueno, levantando polvo en el sol matutino. Entran al corral principal martilleando la tierra y se dispersan, contentos de estar ahí de nuevo. Cierro la verja del corral detrás de ellos y salto del caballo, sorprendida de que mis temblorosas rodillas puedan sostenerme.

—Buen trabajo —dice una lisonjera voz. Me doy la vuelta. Un hombre que no reconozco está apoyado en la cerca. Debe andar por los veinticinco años. Cabello oscuro. Camisa roja. Me sonríe. *Oh*. Y es guapísimo. ¿Estuvo ahí mirando todo el tiempo? Siento que me sonrojo. Estúpida.

—Gracias. —No se me ocurre nada más que decir, así que ato a Whiskey a un poste de la cerca y aflojo su silla. Tomo un ronzal de una clavija y entro al corral caminando. Lo paso por la cabeza de *Ace* y lo dirijo al granero. Tomo otro ronzal.

—Me llamo Darren Parker. Del Bar G —dice el hombre. Su voz es amistosa. Conozco ese rancho. Está muy cerca, a unos veinte minutos por el valle—. ¿Organizan paseos de aventura a caballo?

Trago con fuerza. ¿Un paseo de aventura? Sí, los hacemos. Pero espero de verdad que no sea eso lo que le interesa. Un paseo por los senderos es una cosa: los caballos sólo se ponen en fila y siguen por el bosque el trasero del que está enfrente por un par de horas. Pero, ¿paseos de aventura? ¿Atravesar ríos, lanzarse por las laderas y galopar por los prados? Odio encargarme de paseos de aventura.

No me malinterpreten. Me encanta espolear a mi caballo y hacer locuras a toda velocidad. Lo que no me gusta es ser responsable de otras personas durante recorridos rápidos y arriesgados. No tengo tanta experiencia sobre el caballo como los otros vaqueros.

No, señor, los paseos de aventura no son lo mío. Ya me resulta bastante difícil mantenerme sobre mi maldito caballo, así que ni hablar de encargarme de alguien más al mismo tiempo.

Pero no digo nada de lo que estoy pensando. Tal vez este muchacho se maneje bien solo. Por aquello de que es vaquero y todo eso.

—Los paseos empiezan a las nueve. —Le lanzo un vistazo—. Puedes entrar y desayunar mientras esperas.

Después de decir eso, me concentro otra vez en mi trabajo de arrear caballos. Y rezo por que él no pueda escuchar los latidos que da mi corazón mientras trata de atravesar mi pecho.

Capítulo dos

Trabajo como un demonio. A las nueve menos cuarto tengo diez caballos alimentados, cepillados y ensillados. Estoy de pie en medio del granero, secándome la frente con la manga de la camisa. Va a ser un día caluroso.

Los caballos mastican, haciendo mucho ruido, el heno que puse en sus canastas con el trinche. Me siento más cansada que al despertar. Mi garganta está seca y mi estómago no deja de rugir. Pero no tengo tiempo de comer. Al menos no todavía.

Desenrosco la tapa de mi botella de agua y tomo un largo sorbo. Le echo un rápido vistazo a los dormitorios, con la esperanza de que Carrie y Laura estén en camino. Por favor, por favor, que venga alguien antes de que llegue la hora del paseo de aventura. Por más guapo que sea el Sr. Bar G, no tengo ganas de galopar con él por las montañas.

Dios mío, a veces me siento como toda una gallina. Lo odio. Quisiera sentirme tan cómoda y valiente a caballo como Carrie. Está completamente sintonizada con lo que significa montar. Ella y su caballo son algo así como *uno solo*. Piensan y actúan en tándem. No puedo evitar sentir envidia. Yo todavía estoy tratando de aprender a cabalgar con las riendas en una mano en lugar de aferrarme al cuerno de la silla para no rebotar. Es increíble que James me haya contratado.

Pero sé por qué lo hizo. Cuando nos conocimos, en abril, fue obvio que había muy buena química entre nosotros. Me hizo subir a un caballo y me pidió que anduviera en círculos. Caminar, trotar, galopar. Como no me caí, supongo que pensó que era lo bastante buena como para hacer el trabajo.

Los padres de James son los dueños del rancho. Y él se encargó de contratar a todos los empleados del verano para el granero. No es raro que todas seamos chicas de más o menos la misma edad. Cabello largo, piernas largas. A James le encantan sus chicas. Yo me daba cuenta de que le gustaba. Y no es que me molestara. Tiene los ojos más grandes y azules que he visto. Y la forma en que usa su sombrero negro, muy bajo sobre la frente… es guapo, moreno y misterioso. Todavía siento un escalofrío cuando pienso en él. Incluso ahora que las cosas no están tan bien entre nosotros.

James se puso de muy mal humor hace unas semanas, cuando se enteró de que tengo un novio en la ciudad. Tyler.

Pero todo es muy informal entre Ty y yo. De hecho, estamos medio en veremos. Yo fui la que decidió dejar la ciudad durante el verano. Pero bueno, como sea. Cuando James se enteró se enojó mucho. Fue como si pensara que yo lo había engañado al no haberle contado de Tyler enseguida. Me hizo la ley del hielo por algo así como una semana. Yo pensé que eso era muy estúpido, sobre todo por tratarse de un chico de diecinueve años.

Al final salió de su locura y comenzamos a hablarnos de nuevo. Pero igual dejó de pasar tiempo conmigo. Y dejó de hacer paseos a caballo conmigo. Empezó entonces a pasar el rato con Carrie y con Laura.

Ajá, y todos sabemos todo el trabajo que hacen Carrie y Laura en el rancho.

Eso fue hace un par de semanas. Ahora somos más que nada yo y otros dos vaqueros (Martin y Roxanne) los que dirigimos todos los paseos. James se queda en el granero a flirtear con Laura y con Carrie. Supongo que piensa que el rancho es algo así como suyo, lo que le da derecho a ser perezoso y a eludir las responsabilidades. Y eso me enfurece.

Ayer todo reventó al fin entre nosotros. Tenía que pasar tarde o temprano. Yo acababa de volver de un paseo a caballo de medio día. Tenía mucho calor. Estaba sedienta. Me dolían las rodillas por haber estado sentada a horcajadas durante tres horas.

No había comido nada desde las 6:45 de la mañana y estaba hambrienta.

Me imaginé que podía ir a almorzar antes de dirigir otro paseo. Pero cuando llegué al rancho había cuatro clientes apoyados contra la cerca, esperando para hacer un paseo de dos horas. Ay.

Era el día libre de Roxanne y de Martin, así que no andaban por ahí. Carrie, Laura y James estaban en el corral trasero, fuera de la vista. Yo podía oírlos tonteando y chasqueando el látigo. Ignorando a los clientes.

Desmonté y empecé a ayudar a la gente a bajar de sus caballos. Un hombre me dio cinco dólares, cosa que fue muy buena onda. Me tomé mi tiempo sacándoles las bridas a los caballos y aflojando sus sillas. Me estaba esforzando por parecer muy ocupada, con la esperanza de que James y las otras comenzaran a atender al nuevo grupo. Como siguieron sin aparecerse, fui hasta el corral al fin.

—Hola —dije. Laura y Carrie me sonrieron. Muy bonitas sonrisas. Frescas como lechugas.

—¿Cómo estuvo el paseo? —preguntó Laura muy dulce.

—Muy bien —dije—. Pero ahora tengo hambre. Voy a entrar a desayunar.

—Sí —dijo Carrie—. Nosotras también vamos a comer, después de darle un baño a Pepper. Estamos trenzando sus crines y su cola para el desfile de mañana. —Hizo un gesto hacia el Clydesdale de pelo oscuro.

—Sí —dijo Laura y miró a la gente que estaba junto a la cerca—. Supongo que deberíamos empezar, ¿no, Carrie?

Carrie lanzó un delicado suspiro. Le pasó el látigo a James.

—Claro, vamos. Nos vemos más tarde.

Y se fueron.

Desilusionado y cabizbajo, James colgó el látigo de un gancho. Casi podía ver la nube negra de tormenta que se estaba formando sobre su cabeza mientras caminaba al cuarto de los arreos. Lo seguí, sintiendo que mi propia furia empezaba a borbotear. ¿Qué demonios hacía ahí cuando podía ver que había gente esperando? El próximo paseo le tocaba a él.

—Los caballos para los visitantes no están en el cuarto de los arreos —dije con frialdad—. Están afuera, en el corral. Donde espera el próximo grupo.

James se dio la vuelta y me miró a la cara.

—¿*Perdón?* —Su voz rezumaba ácido.

De repente me sentí cansada de sus estúpidos juegos. Cansada de andar de puntillas por sus malos humores. Lo rebasé y entré al cuarto de los arreos.

—El próximo paseo es *tuyo* —le dije, haciendo un gesto hacia el corral con la cabeza—. Yo vengo de un viaje de medio día, James. Y yo abrí esta mañana. Voy adentro a almorzar.

Y en ese instante James se puso hecho una fiera. Una completa *fie-ra*. En dos rápidos pasos llegó a sólo centímetros de mi cara. Echaba fuego por los ojos y sus labios apretados se torcían hacia abajo. Se veía horroroso.

Di un paso atrás.

—Tú no me mandas —me gruñó a través de los apretados dientes. Su aliento apestaba a café y a cigarros. Levantó la voz—. Es *mi* rancho. Tú trabajas para *mí*.

Reprimí el impulso de señalar que, de hecho, no era su rancho. Al menos no todavía. Pero lo vi tan alterado que temí que me diera un puñetazo si abría la boca para protestar.

James señaló hacia afuera, a través de la puerta abierta. Estoy segura de que la gente que estaba junto a la cerca del corral escuchó cada una de sus palabras. Entrecerró los ojos.

A punta de cuchillo

—Es *tu* paseo. *Tú* vas a llevar a esa gente —me clavó un dedo en el esternón mientras escupía las palabras—. *Tú no me mandas.*

Lo miré fijamente. ¿Hablaba en serio? Mi mente no dejaba de girar mientras trataba de entender cómo podía alguien pasar de ser sólo desagradable a simple y llanamente demoniaco en menos de diez segundos.

James me devolvió la mirada, desafiante. Como no me moví, me dirigió una pequeña y amarga sonrisa.

Mi mente se esforzaba por formar pensamientos coherentes. La sangre hervía al correr a toda velocidad por mi cabeza. Apreté la quijada. Estaba tan furiosa que quería llorar, pero oprimí los dientes y contuve las lágrimas. Llorar era lo último que haría frente a James. Me aclaré la garganta. Esperé hasta que estuve segura de que mi voz iba a sonar tranquila.

—Muy bien —dije. Mi voz tembló de todas formas y me odié por ello—. Tomaré este paseo. No porque tú me dijiste que lo hiciera, sino porque ahí afuera hay buenas personas que están esperando para explorar a caballo las agrestes Montañas Rocallosas. Para eso pagan. En *tu* rancho, James.

Me di la vuelta y salí airadamente del cuarto de los arreos.

Afuera, en los escalones, me detuve para pasarme el antebrazo por los ojos.

Después doblé en la esquina y les di la bienvenida a los visitantes.

Capítulo tres

Pensar en mi pelea de ayer con James hace que mi pulso se acelere. Todavía estoy furiosa con él. Y también estoy furiosa conmigo misma por haberme echado atrás. Estoy segura de que cuando finalmente me busque tendrá mucho que decir. Tal vez hasta me quede sin trabajo. Pero supongo que no importaría. A estas alturas, creo que no me molestaría regresar a la ciudad y ganar algo de dinero de verdad. Ya tuve mi dosis de naturaleza. Tal vez empiece a buscar algo en Craigslist esta noche. Sólo para enterarme de qué opciones hay.

Perdida en mis pensamientos, no noto el regreso de Darren.

—¿Lista para ese paseo de aventura? —Está apoyado contra la cerca otra vez. Sonriéndome.

Mi estómago da un vuelco y desaparece en un rincón. Cierro los ojos, rezando una inútil oración final por que alguno de los otros jinetes aparezca mágicamente… ¿el heredero mismo del rancho, tal vez? Pero no llega nadie. Todo está en mis manos. Tal parece que hoy es el día en que me toca demostrar que tengo cojones. Suspiro para mis adentros.

Logro formar una sonrisa amistosa y me vuelvo hacia Darren. Tal vez sea mi último día aquí. No está mal que lo convierta en una aventura.

A punta de cuchillo

—Puedes apostarlo —le digo—. Estoy *súper* lista.

Su sonrisa se ensancha y mi estómago se va un poco de lado. Oh, es un hombre digno de verse. Supongo que al final de cuentas esto podría ser divertido. Tal vez. Siempre y cuando logre mantenerme sobre el lomo de Whiskey. *¿Cómo te sienta el Whiskey?* Mi cerebro se queja y dejo escapar una risita.

Doy unos pocos pasos hacia él con el brazo extendido.

—Yo soy Jill —digo.

Su mano, cálida y fuerte, toma la mía.

—Encantado de conocerte, Jill.

Al instante en que me toca me enrojezco desde la punta de los dedos de los pies hasta el cuero cabelludo. Quiero enterrarme en el suelo. ¿Hay algún otro testigo de mi completa y absoluta nulidad? Mis ojos buscan en derredor. Todo está inmóvil. La bandera ondea muy alto en el mástil, pero aparte de eso no hay ningún movimiento que pueda ver. El rancho todavía está dormitando.

Miro a Darren. Sus ojos me analizan, recorren mi cuerpo entero. No en un estilo psicópata. Sólo lo necesario para hacer que me sienta de repente muy tímida. Suelto su mano y me paso la húmeda palma por los pantalones. Me sonríe cálidamente otra vez.

Trato de poner a raya mis agitadas entrañas. ¿Qué me pasa hoy? Este tipo hace que me sienta como si nunca antes hubiera coqueteado con nadie.

Mientras respiro hondo calibro al Sr. Bar G. Darren. Estudio su cuerpo largo y delgado con el mismo grado de interés que él le dio al mío un momento antes. Decido emparejarlo con *Springsteen*, que es grande y rápido. Y de pie firme. Lo último que necesito es un caballo bonachón que pierda el control de los cascos en terreno difícil.

A punta de cuchillo

Paso una brida por la cabeza de Springsteen y él muerde el bocado de buena gana. Al peludo muchacho le encanta correr. Ajusto su silla y le acaricio un poco el cuello, inhalando su maravilloso olor a heno, bosta y tierra. Le paso las riendas a Darren.

—Este caballo se llama Springsteen —le digo—. Súbete. Voy a traer de adentro mis alforjas y enseguida nos vamos. —Me dirijo al granero.

Mis ojos tardan un momento en ajustarse a la oscuridad del interior. Busco a tientas en mis alforjas el bloqueador solar, el bálsamo de labios y la botella de agua. Todo está ahí. Muy bien. Saco mi teléfono celular del bolsillo de mi camisa y lo guardo en una de las bolsas de cuero blando.

Busco una pluma en el escritorio, porque quiero dejar una nota para los otros jinetes diciendo a qué hora me fui. No encuentro ninguna. Qué sorpresa.

Encuentro un lápiz, pero la punta está rota. Lo tiro. Ni modo. Estaré de vuelta en un par de horas. Esos crudos inútiles probablemente seguirán dormidos a mi regreso.

Mi café ya se enfrió, pero tomo un último sorbo y dejo la taza en el escritorio. No tiene caso dejar pasar más tiempo.

Voy al corral y pongo las alforjas detrás de la silla de Whiskey. Ato las cintas de cuero para asegurar la silla y me alzo para montarla. Okey, *alzar* suena casi poético. Me temo que montar un caballo no tiene nada de elegante. Al menos no en mi caso. Para mí el asunto es de agarrar y trepar. Una vez que estoy arriba, sin embargo, estoy lista para la acción.

Decido saltarme la típica charla sobre seguridad y aptitudes. El tipo es un vaquero. Parece como si supiera muy bien lo que hace. Lo que creo es que está investigando un poco los otros ranchos y comparando con el suyo. Quiere ver qué le ofrecemos a nuestros clientes y llevar la información al Bar G.

No hay problema.

En ese instante decido que le voy a hacer pasar un buen rato.

Abro la reja del corral y la cierro con cuidado detrás de mí para que los otros caballos no puedan salir. Ese error lo cometes una sola vez. Todavía está todo muy silencioso. Veo a un par de huéspedes regresando a su cabaña después de desayunar en la casa principal. No hay ningún otro movimiento. Los empleados del rancho deben haber tenido una noche de verdadera juerga.

Veo a Jeremy a través de la ventana del restaurante, con su camisa blanca y su corbata negra. Llegó a tiempo para su turno, a pesar de que lo más seguro es que todavía esté borracho. Anoche, cuando salimos del *The Ram and Raven*, casi tuvimos que verter su alcoholizado trasero en el auto. Me saluda con la mano al vernos pasar y después se concentra de nuevo en sus clientes. Lo compadezco, porque me puedo imaginar cómo se debe estar sintiendo el pobre. Al menos ayer fui la conductora designada. Si yo también hubiera bebido, Darren no habría tenido su paseo de aventura esta mañana ni de casualidad.

Ah, sí. Un paseo de aventura. Después de todo este tipo ha pagado por eso. Ni modo, entonces. Taconeo a Whiskey y enseguida empieza a trotar con energía. Pasamos a un galope lento mientras dejamos atrás el rancho y entramos al parque provincial que lo rodea. Centenares de acres de senderos, montañas y ríos nos esperan. No importa que en general los jinetes usen los mismos cuatro o cinco gastados senderos: lo que hace que me sienta tan libre es la idea de todo ese territorio inexplorado. Supongo que extrañaré esta parte del trabajo.

Ya estamos bastante lejos del rancho cuando me doy cuenta: Darren no me dio su recibo por este paseo. No tengo manera de saber si firmó el formulario de exención de responsabilidad. El papel que dice que podrías morir por resbalarte, caerte, ahogarte, ser comido por un oso, quemarte en un incendio forestal, desplomarte por un acantilado o encontrar tu inoportuno fin en compañía de un caballo, así que firma aquí en la línea punteada. De hecho, ni siquiera sé si *pagó* por este paseo.

Maldición. Es un descuido bastante grande. Comienzo a darme vuelta para preguntarle a Darren si firmó el formulario en la oficina principal. Tal vez sólo olvidó darme su recibo.

Pero al instante siguiente un pensamiento malévolo empieza a formarse en los bordes de mi mente. ¿Y qué me importa si no lo firmó? Sabe montar a caballo. Dudo mucho que se rompa el cuello y presente una demanda. De todas formas es muy probable que cuando vea a James me ponga de patitas en la calle. Y aunque no lo hiciera creo que estoy lista para irme, así que… ¿no sería divertido simplemente… llevar a este misterioso vaquero en un paseo gratuito? Será mi último *vete al diablo* para James.

Estoy tan entusiasmada con mi perverso plan, que me doy la vuelta y le muestro a Darren una enorme sonrisa. Sorprendido, me sonríe también. Aayy, esas mariposas de nuevo. Espoleo a Whiskey con un grito y una patada y comienza a galopar. Volamos riendo por el bosque, mientras el sol matutino entra a raudales a través de las ramas de los pinos.

Capítulo cuatro

Bueno, *yo* vuelo por el bosque, riendo bajo la luz del sol. Tardo un momento en darme cuenta de que ya no escucho los cascos de Springsteen. ¿Cuándo perdí a Darren? Hago que Whiskey baje el paso y al fin nos detenemos. Me giro en la silla para ver atrás. Ahí está Darren: muuuuuy lejos, en el cruce de caminos. Dios, ¿está *subiendo* a su caballo?

¿Cuándo... y cómo... desmontó a Springsteen?

Hago una vuelta en U y regreso a medio galope. Springsteen espera con paciencia a que su jinete se organice y lo monte de nuevo.

—¿Estás bien? —pregunto.

Se ríe nervioso.

—Un poco polvoriento, pero estoy bien.

Me bajo de Whiskey y detengo a Springsteen mientras Darren lo monta otra vez.

—Tú, este... no eres un vaquero, ¿verdad, Darren Parker?

Darren sacude la cabeza. Espero ver una expresión de vergüenza, pero tiene esa alegre sonrisa pegada en la cara.

—Nop —dice y sonríe—. Soy cantinero.

Asiento con la cabeza. Estoy un poco aliviada por no tener que pasar dos horas de terribles riesgos sobre la silla. Pero a la vez me siento un poco decepcionada.

—Entonces vamos... este... ¿tal vez deberíamos tomarlo con más calma? Quiero decir, haremos un paseo de aventura de todas formas, sólo que... sólo que uno menos rápido —le digo.

Me sonríe.

—Muy bien. Un paseo de aventura lento suena genial.

De repente tengo una brillante idea.

—Tal vez te podría llevar al viejo aserradero. Está completamente oculto en una ladera —digo. No he ido ahí en años.

—Eso suena *perfecto* —dice. Por su expresión me doy cuenta de que le gusta la idea. Cabalgamos un rato juntos, con los árboles a un lado y el río al otro. Me dice que viene del este y que está aquí para hacer su último trabajo de verano "divertido" antes de terminar su maestría en administración de empresas en enero. Que había querido ver las Rocallosas toda su vida y que ahora está aquí por fin. Para su aventura.

Saludo con la mano a un grupo de balseros de rápidos que va pasando.

—¿Quiénes son? —pregunta Darren.

—Llevan el traje del grupo local de balseros —contesto—. Trabajé para ellos como guía de rápidos el verano pasado. El Sawtooth es un río muy popular entre los balseros y la gente que hace kayak en rápidos. Hay partes excelentes.

Los balseros siguen avanzando y desaparecen de la vista en una vuelta.

—Deberías intentarlo alguna vez —le digo—. Va muy bien con todo tu tema de aventuras.

—Mmm, nah —dice—. No soy muy buen nadador. ¿Por qué dejaste de hacerlo?

Me encojo de hombros.

—No era tan divertido como parece. Balsas pesadas, turistas tontos que no te escuchan. Mucho trabajo duro.

—Pero también trabajas mucho en el rancho, ¿no? —me pregunta—. Te vi arrear los caballos esta mañana. No parecía un juego de niños.

Me río.

—No, pero al menos soy una jinete pasable. Era un desastre dirigiendo una balsa de mil libras a través de unos rápidos que parecían una máquina de *pinball*.

Eso lo hace reír. Salimos del sendero principal a uno secundario.

Vamos hacia el viejo aserradero.

Capítulo cinco

No nos encontramos a nadie mientras serpenteamos por un campamento al pie del Monte Whiteridge. Eso es porque es sábado de tarde: día de transición. Un exhausto grupo de campistas ya ha regresado a casa y el próximo no llegará sino hasta mañana. En el camino le cuento a Darren algunos de mis recuerdos de cuando acampé aquí.

De vivir en un tipi, de mis viajes en canoa, de los asaltos a la cocina a medianoche, de cuando me perdí en la oscuridad, de cuando me enamoré.

Estoy muy atenta buscando la flecha de madera que señala el camino hacia la ladera y el aserradero. Recuerdo mi primera visita. Nuestro guía nos llevó cuando yo tenía unos doce años. Pasamos mucho tiempo mirando los restos de la casa del encargado, en la ladera. Fue espeluznante. Casi como si su espíritu todavía anduviera por ahí. Observando.

No pasa mucho tiempo antes de que vea la descolorida señal. Dirijo la cabeza de Whiskey colina arriba. Mientras llevo a Darren al aserradero, me pregunto qué tanto habrá cambiado en todos los años que han pasado desde mi última visita. ¿Todavía estará en pie la vieja cabaña? ¿Los arbustos habrán cubierto al fin el auto oxidado?

Pocos minutos después llegamos al lugar. Los restos de madera están esparcidos por todas partes. Medio acre de delgadas tablas están apiladas en una enorme montaña, como si a un gigante se le hubiera caído una gran caja de fósforos. Es el único recuerdo que queda del esfuerzo de otra época por ganarse la vida. Siempre me pregunto por qué eligió el dueño una ladera para levantar el aserradero.

En los bordes de la madera en descomposición han comenzado a crecer unos pequeños árboles. Hay una gran quietud y siento que me relajo. Darren también se ve tranquilo. Estamos bastante lejos del campamento, más o menos a media milla de distancia. Tal vez a un par de millas del rancho. No escucho nada aparte de las hojas de los álamos susurrando por la brisa. Es por eso que los llaman "álamos temblones", porque se

A punta de cuchillo

estremecen con el más ligero viento. Es un sonido que adoro.

Desmonto y aflojo la silla de Whiskey. La ato a un árbol de modo que pueda alcanzar las hierbas dulces que hay en su base. Hago lo mismo con Springsteen. Deshebillo mi alforja y tomo mi botella de agua.

—Vamos —le digo a Darren. Estoy emocionada por mostrarle los alrededores. Él parece tan entusiasmado como yo por pasear por este espeluznante sitio.

Le muestro la vieja y mohosa cabaña y la cama de madera empotrada. El colchón ya no está. ¿Quién habrá vivido aquí? ¿Cómo habrá sido su vida? La mesa sigue estando en la casa, junto a la ventana de cuatro cristales. ¿Me lo habré imaginado o de verdad hubo alguna vez latas y utensilios viejos aquí adentro? Le muestro a Darren el auto oxidado que hay a un lado de la cabaña.

Es de dos puertas, más pequeño de lo que recordaba.

—Quisiera saber cómo llegó el auto hasta aquí —dice Darren.

Volteo a ver el sitio donde el sendero por el que llegamos se conecta con otro.

—Mira eso —le digo, señalando hacia ahí—. Todavía se puede ver dónde solía estar el camino. Justo a un lado de la montaña. —Miro otra vez el auto, imaginando a la gente que alguna vez transportó—. Me pregunto por qué no simplemente construyeron su casa en el valle. ¿Por qué se habrán molestado en hacer todo esto en la ladera de una montaña?

—¿Habrán? —me pregunta Darren. Ahora está parado cerca de mí. Muy cerca. Huele bien. A jabón y a la luz del sol—. Creí que este lugar era la casa de un loco de las montañas.

—Bueno, puede ser —digo—. Pero yo creo que había un "ellos", porque

A punta de cuchillo

mira esto. —Lo tomo del codo y lo dirijo por el estrecho sendero, hasta donde una carriola oxidada descansa de lado en el pasto. Al mirarla, un escalofrío me sube por la espalda. Me pregunto qué le habrá pasado a ese bebé.

Tiemblo. Darren me pasa el brazo por los hombros. Mi corazón da un doble salto ligero y me sonrojo un poco, pero no me muevo bajo el peso de su brazo. Me gusta que quiera tocarme. Yo también quiero tocarlo, pero no lo hago. En lugar de eso sólo sonrío. Él también me sonríe y me da un apretón en los hombros.

—Déjame mostrarte una cosa más —le digo. Me doy la vuelta y lo dirijo hacia el viejo pozo.

El pozo está cubierto, o al menos lo estaba. Quiero decir, espero de verdad que aún esté tapado. La hierba es bastante larga por aquí. Sin duda podría ocultar un pozo abierto. No me acuerdo con exactitud dónde estaba, pero creo recordar que era un poco más arriba. Justo del otro lado de estos arbustos. ¿O no?

Estoy inclinada y removiendo la hierba, tratando de separar con las manos la espesa maleza. Aquí está. Todavía está cubierto. Muevo la hierba a un lado, exponiendo un mohoso disco de madera.

No escucho a Darren llegar hasta mí. Pero lo siento. Sin advertencia, pone las manos en mis caderas y presiona su pelvis contra mí. Contra mi trasero.

Esta vez no es agradable estar tan cerca de él.

—¡Oye! —grito. Medio me río. Pero es una de esas risas incómodas. Ya sabes, una de esas risas que dejas escapar cuando no estás muy seguro de lo que está pasando—. ¿Qué demonios? —Trato de levantarme. Esto no me gusta nada. Quiero sacármelo de encima.

Pero las manos de Darren se aferran a los lados de mi cadera, como si fueran un gancho de hierro. Me retiene en esa posición. Con fuerza. No puedo alejarme. Mi risa muere en mi garganta.

—¡Darren! —grito—. ¡Déjame ir!

Ahora estoy enojada. Mi voz se quiebra. Siento el sabor del miedo. Trato de lanzarme hacia adelante, pero no puedo escapar. Se ríe.

Mi boca se siente de repente como si estuviera llena de algodón. Intento levantarme, pero mis manos no me pueden separar del suelo. Darren es demasiado fuerte. Tampoco quiero desplomarme. Necesito tener las piernas debajo de mí.

Necesito correr.

Capítulo seis

Mi corazón está aporreando mis costillas. Siento un hormigueo en todo el cuerpo. En sólo un minuto, toda esta situación pasó de algo muy bueno a un completo horror.

Frente a mí, mis dedos tratan de agarrar algo, lo que sea, para poder alejarme de Darren. Pero no hay nada de qué aferrarme. Sólo hierba. La intento agarrar. Se está riendo. Me da una nalgada. ¡Arreee, *chiicaa!* —dice, arrastrando los sonidos.

De repente, la furia y el miedo me oprimen las entrañas hasta formar un apretado resorte. Algo se rompe en mi interior.

Con un repentino impulso y un giro logro liberarme. Me caigo contra el pasto. Mi mano golpea algo duro: la cubierta de madera del pozo. Considerando cómo va mi mañana, hubiera preferido caerme por el hueco.

Logro ponerme de pie, lista para abrir un nuevo agujero en el trasero de este miserable. ¿Quién se cree que es? Darren se está riendo con la cabeza echada hacia atrás y los pulgares metidos en los aros de la pretina de su cinturón. Sus pulcros y blancos dientes destellan contra el verde de los árboles.

—¡Qué demonios crees que estás haciendo! —le grito.

Darren deja de reírse.

—Ay, Jill —dice. Levanta las palmas en un gesto de inocencia—. Sólo estaba bromeando. ¿No puedes aguantar una broma? —Me mira. Las comisuras de su boca están por formar una sonrisa.

Me paso las manos por el pantalón, tratando de eliminar su contacto de alguna manera. Me siento sucia. Barata. Como si hubiera hecho algo malo.

—Tienes una idea pésima de lo que puede ser una broma —le digo, a punto de estallar—. No vuelvas a tocarme nunca.

Algo cambia en sus ojos. Me doy cuenta de que le gusta ver cómo me enojo. Siento asco.

No es un tipo normal.

De repente mi indignación desaparece y es reemplazada por un miedo paralizante. Se me pega a la garganta. Darren da un paso hacia mí. Salto hacia atrás, pero me agarra de la muñeca, me da un tirón y me dobla el brazo tras la espalda.

El dolor explota en mi interior con una serie de luces blancas y rojas intermitentes. Mi cuerpo se bloquea por la agonía cuando mi hombro gira y sobrepasa el límite de su rango de movimiento. Lanzo un grito. ¿Qué demonios está ocurriendo? ¿Cómo me puede estar pasando esto?

Nunca antes me había oído gritar así. No como ahora. Es un grito de miedo, de dolor y de completa indefensión.

Va a matarme. Las palabras destellan en mi cabeza como letras de neón contra un edificio oscuro. Aparecen. Desaparecen. Aparecen. Desaparecen.

Van y vienen.

Van y vienen.

Entonces, de repente, me suelta. Caigo al suelo, medio riendo, medio llorando. Quién sabe por qué me estoy riendo. No me siento particularmente alegre.

¡Levántate ahora mismo del suelo! Le ordeno a mis manos que se coloquen sobre la tierra. Para levantarme. Mi mano izquierda obedece; mi brazo derecho cuelga lánguido, como si hubiera dormido toda la noche sobre él. La articulación de mi hombro parece estar en llamas.

Así no es como deben ser las cosas. La voz de James aparece de la nada e invade mi cabeza. *Sí que resultó ser un paseo de aventura, ¿eh, Jill?*

Siento una oleada de náuseas cuando la realidad me cae encima como una piedra. Estoy en una montaña, a media milla de cualquiera que pueda oírme. En un sendero que rara vez se utiliza. Un día en que no hay nadie en el campamento colina abajo. No hay nada en el rancho que explique con quién estoy o qué camino tomé. No hay ninguna nota. No hay un formulario de exención firmado. Jeremy me vio irme, pero para él bien podría estar en un paseo de todo el día. No se le ocurriría revisar las reservaciones. Y además, es probable que no haya nada por escrito en el rancho.

Nadie sabe adónde fui. Nadie sabe cuánto tiempo estaré fuera.

Nadie sabe que estoy aquí.

Darren me agarra por el brazo herido y jala con fuerza hacia arriba. Me pone de pie de un tirón. Unos súbitos fuegos artificiales explotan en mi cabeza. Me desplomo como una damisela en apuros de otra época. Me atrae hacia él. Presiona su cara contra la mía. Su boca contra mi oído. Lanza un aire horrendo sobre mi mejilla.

—Está bien, Jill —dice. Su voz es suave—. No tengas miedo. —Deja escapar una escalofriante risita. Su voz se convierte en un susurro—. No voy a lastimarte. Todavía no. Primero voy a jugar un poco contigo.

Capítulo siete

Darren me suelta el brazo. Me tambaleo hacia atrás. Lo veo alejarse unos pasos y sentarse sobre un tronco al borde del claro. Me sonríe. Reprimo el loco impulso de lanzar una carcajada cuando saca una pastilla de chicle de un paquete de burbujas de plástico y se la mete a la boca. Supongo que hasta los villanos quieren tener un aliento fresco.

El impulso de reír pasa muy pronto. Siento como si una mano helada me apretara el corazón cuando recuerdo dónde estoy. Como si estuviera dentro de una horrible pesadilla, veo que Darren levanta la pernera de su pantalón y saca un reluciente cuchillo de caza de una funda sujeta a su pantorrilla. *Ssssshiinnnng.*

Es entonces cuando las lágrimas empiezan a brotar.

Tan pronto como el sollozo sube a mi garganta, lo reprimo. No puedo permitirme el lujo de llorar ahora. Mi cabeza se embrollaría. Tengo que pensar. Tampoco puedo dejar que él me escuche. No quiero que piense que me tiene justo donde quiere. A este tipo de hombres los excita el miedo.

Arranco mis ojos del cuchillo.

Escucho de pronto la voz de mi maestra de gimnasia de octavo grado, la Sra. Rodney.

"Siempre hay una alternativa", me dice con su siempre serena voz. "Pueden elegir el miedo o pueden elegir la concentración. Pero no los pueden tener a la vez. No hay espacio para los dos". Eso es lo que me dijo antes de nuestra última competencia de gimnasia, en la que nuestro equipo aplastó a las escuelas de toda la provincia y se llevó a casa el premio del campeonato. "Es una cosa o la otra", dice. "¿Qué va a ser esta vez, Jill?".

En ese momento me deshago del miedo y escojo la concentración. Es como si fueran camisetas de distinto color. El miedo no va a sacarme de aquí. El miedo me matará. Me saco la camiseta del miedo y me pongo la de la concentración. Me imagino que está hecha de una fina malla metálica. Tiene un peso agradable. Mis pies se sienten cada vez más sólidos debajo de mí.

Tengo que salir de esta montaña.

—Escucha, Darren —le digo. Pongo la punta de mis botas en la tierra, ignorando su horrible cuchillo. Mi voz suena sorprendentemente controlada. De alguna manera tengo que salir de esto hablando—. Perdóname por haberme enojado hace un momento. Lo que pasa es que... me agarraste distraída. Me sorprendiste. Vamos a olvidarnos de lo que pasó. Empecemos de nuevo, ¿sí? —Me encojo de hombros—. Ya vimos el aserradero. Bajemos la montaña y te llevo a Broken Bridges. Hay muchas cosas geniales para ver allá abajo también.

Los vaqueros toman el sendero de Broken Bridges al menos una vez cada dos horas. Muchos excursionistas lo usan también. Avanza a lo largo de la ribera, a la vista del agua y de su siempre cambiante público de balseros y de gente en kayak. Mucha gente. Gente que podría ayudarme a salir de esta loca situación en la que de repente me vi metida.

La hoja del cuchillo centellea a la luz del sol. Puedo verla con el rabillo del ojo. Lo ha sacado para asustarme. Me está mirando, esperando a que pierda el control. Mantengo los ojos pegados al suelo.

—¿Qué te parece? —le pregunto.

Suspira, casi con felicidad. Escucho que el cuchillo se desliza otra vez en su funda. Volteo a ver dónde está sentado. Se estira como un gato a la luz del sol. Sonríe.

—Nah —dice—. Me gusta estar aquí arriba. —No tiene ninguna prisa, eso puedo verlo. Da un golpecito en el suelo junto a él—. Ven a sentarte, *Jilly Bean*.

Mi corazón da un vuelco. No quiero ir. No quiero sentarme junto a él. Junto a ese cuchillo. ¿Qué puedo decir? Me he quedado sin palabras. No sé cómo manejar esta conversación, no sé qué decirle a un tipo desquiciado que lleva un cuchillo y se restriega contra una completa extraña. ¿Qué hago?

Sé que hay una torre de celulares en lo alto de la colina. La he visto docenas de veces. Si logro llegar a mi teléfono, que está dentro de mi alforja, puedo pedir ayuda. Me odio por haberlo sacado del bolsillo de mi camisa esta mañana. Pero, ¿por qué no iba a hacerlo? Siempre lo hago cuando salgo a cabalgar. No quiero que salga despedido cuando galopo en medio del bosque.

Usar el teléfono es un buen plan, pero no puedo llamar a nadie si no he llegado antes hasta Whiskey. La miro. Está a sólo unos pies de distancia, pero necesito una buena excusa para ir hacia ella en lugar de hacia Darren.

—Bueno, podemos quedarnos un rato —me encojo de hombros, asegurándome de sonar como si tuviera alternativa—, pero tengo que atar de nuevo a los caballos o se van a enredar con sus cuerdas.

Hago un gesto con el pulgar para señalar que la cuerda de Whiskey ha resbalado hasta la base del árbol. Ella pasta tranquilamente, ajena a mi situación de vida o muerte.

Miro hacia arriba y entrecierro los ojos, haciendo una visera con una mano.

—Y necesito mi protector solar. Hace más calor que en un desierto de Texas.

Me doy cuenta de que fue algo muy bobo para decir, pero la verdad es que no estoy pensando con claridad, ¿o sí? Es difícil soltar bromas ligeras cuando has descubierto que tu compañero es un sociópata enloquecido.

A Darren evidentemente no le preocupa que me escape, porque asiente y hace un gesto hacia los caballos. De todas formas no deja de mirarme.

Siento sus ojos sobre mí mientras camino hacia la yegua… *¡Lentamente! ¡Haz como si no pasara nada, Jill!* Sólo unos pasos más. Ya estoy aquí.

Cuando llego hasta Whiskey, me golpea una idea escandalosa. Su cuerda, que ha resbalado por el tronco, ya está en el suelo. Podría desatarla fácilmente sin que él lo notara.

Moviéndome con calma, me paro sobre la rienda principal. Tuerzo ligeramente el pie al pasar junto a la cabeza gacha de Whiskey. Sigo avanzando hacia sus cuartos traseros, donde está la alforja. Toco con el otro pie la otra parte de la rienda y le doy un tirón. El nudo de desatado rápido se separa sobre la hierba. Parpadeo, sorprendida de que haya sido tan fácil. ¿Qué habría pasado si hoy la hubiera atado con un nudo bolina en lugar de usar el de desatado rápido? ¿Qué habría hecho entonces?

Pero no hice un nudo bolina. Hoy, por algún motivo, no lo hice. Le mando al universo un mudo mensaje de agradecimiento.

No mires la cuerda en el suelo. Subo la mirada de un tirón. Voy por la alforja. Mientras desabrocho la solapa me tiemblan las manos y tengo que detenerme por un segundo. Respiro hondo. Aquí no hay miedo.

Aquí. No. Hay. Miedo.

Meto la mano en la alforja y tomo el teléfono. *Sí*. Lo abro. Y es aquí donde falla el plan. Ahora que tengo el teléfono en la mano, no puedo ver para marcar los números a menos que saque el teléfono de la bolsa.

Darren me evita la molestia de resolver este problema. Debe haber presentido que estaba intentando algo. Con el sigilo de un puma llega detrás de mí. Su mano serpentea hasta la mía y la agarra. La saca de la alforja junto con el teléfono. Me hace girar para que le dé la cara. Trago saliva.

—Uy —digo alegremente—. No es mi protector solar, ¿verdad?

Los ojos de Darren lanzan destellos mientras mira mi rostro. Su mirada es helada.

—No estarías pensando en pedir ayuda, ¿verdad, Jilly Bean? —Habla con voz suave—. Algo tan estúpido podría hacer que te mataran, ¿sabes?

Su voz es tranquila, pero sus movimientos son violentos cuando me arrebata el teléfono. Da un par de pasos atrás. Sus ojos se clavan en los míos. De pronto levanta la mano sobre la cabeza y golpea el teléfono con fuerza contra una roca. *¡PUM!*

Otra vez. *¡PUM!*

Otra vez. *¡PUM!*

El teléfono se rompe en mil astillas que reciben y reflejan la luz del sol. Mi cabeza nada en la escena que estoy presenciando. El miedo me apuñala otra vez y lo hago a un lado. Tengo que mantenerme en calma. No puedo darle lo que quiere.

Mientras aporrea el teléfono contra la roca, el tiempo queda suspendido. Pienso en mi vida en fragmentos, como una presentación de *PowerPoint*. Mamá. Papá. Tyler. La escuela. Mis amigos. Tasha diciéndome que estaba loca por querer trabajar en el campo. Hannah sugiriéndome que ocultara mi edad y trabajara con ellas en el club nocturno.

"Vamos, Jill-O", me había dicho. "Es dinero fácil. A los hombres les encantan las camareras *sexys*. Te darían propinas enormes".

Pero yo sacudí la cabeza. "No, gracias. No quiero que me manoseen borrachos idiotas todas las noches".

Caramba, Jill, supongo que prefieres que te manosee un psicópata demente con un cuchillo en la mano.

No puedo evitarlo. Tras este último pensamiento, se me escapa una profunda y escandalosa carcajada.

Entonces Darren se queda paralizado. Entrecierra los ojos. Dejo de reírme. Lanza a un lado los restos del teléfono. Se inclina. Levanta la pernera de sus pantalones vaqueros. Va a sacar su cuchillo.

El miedo regresa en un instante, nítido y mordaz. Se mezcla con mi concentración, dándome una fuerza desesperada.

Sin pensarlo, impulso una pierna hacia atrás y después dirijo la fina punta de mi bota hacia adelante con todas mis fuerzas. Hasta su cara. Escucho un crujido, seguido de algo que suena como a una succión húmeda.

Darren ruge de dolor. Cae hacia adelante, de rodillas, y olvida temporalmente su cuchillo. Unos fragmentos de diente blanco caen de su boca ensangrentada.

A punta de cuchillo

Guau. Es impresionante. *¿Yo* hice eso?

Darren me mira, sorprendido, como si lo hubiera traicionado. Su cara es un desastre mojado y rojizo. Siento arcadas.

Me doy la vuelta y me aferro al cuerno de la silla de Whiskey. Monto mientras él lucha por levantarse, con una mano en la boca. Cuando mis pies acaban de encontrar los estribos, Darren me agarra una pierna con la otra mano.

Me sacudo con furia y taconeo a Whiskey. Se lanza hacia adelante. Nos alejamos del demonio ensangrentado y tambaleante. Darren ruge de nuevo. Intenta agarrar la cola de Whiskey, pero se le escapa. La golpeo en los flancos.

Y sin más, nos hemos ido. Mi corazón se hincha, un globo que llena con alivio mi cuerpo entero. Hago ruiditos al respirar por la estrecha apertura de mi garganta. *Estamos bien, estamos bien, estamos bien, estamos bien.* La frase se repite una y otra y otra vez en mi cabeza.

Entonces se mueve la silla.

Capítulo ocho

No mucho. Sólo un poco. Mi corazón da una sacudida y aterriza en mi estómago. Olvidé que había aflojado la silla de Whiskey. ¿Cómo pude olvidarlo?

Bueno, ¡de verdad! No es como si hubiera podido pararme junto a Whiskey y ajustar la cincha mientras Darren, el psicópata, hacía añicos mi línea vital. No tuve tiempo.

Siento que la silla se desliza de nuevo y me impulso hacia el otro lado. Tal vez pueda mantenerla derecha devolviéndola a su lugar cada vez que se resbale. Los gritos iracundos de Darren nos siguen mientras descendemos por el sendero. Es muy rápido, para un tipo al que le acaban de reordenar las partes de la cara. No tan rápido como la yegua. Pero si me caigo…

La silla se mueve otra vez y una ola de adrenalina se dispara por todo mi cuerpo. Mi mente se desboca, revisando alternativas como si fueran un mazo de cartas. Podría bajar la velocidad y tratar de darle un tirón a la silla para regresarla a su sitio. Pero entonces Darren podría alcanzarnos y además la silla estaría floja de todas formas. O podría desmontar rápidamente, apretar la cincha y subirme de nuevo antes de que él llegara. Sí, claro, ¿con estos dedos temblorosos? O… podría ver qué tan lejos puedo llegar con la cincha floja. Tal vez…

De pronto, la silla se desliza limpiamente a un lado por el torso de Whiskey y me lleva con ella. En la bajada agarro al vuelo sus crines y el ronzal. Los arbustos me azotan la cara cuando llego de golpe al nivel del suelo. Me encojo y cierro los ojos.

Tiro de la cabeza de Whiskey. Con los puños llenos de crines y de cuerda, me impulso y logro subirme otra vez a su lomo.

Pero ella no quiere saber de nada. Como cualquier otro caballo, sabe que la silla debe ir en su lomo, no en su estómago. Whiskey corcovea, tratando de eliminar la sensación extraña. Está asustada. Yo estoy asustada.

Corcovea otra vez. Me aferro.

Corre más rápido. Al darse cuenta de que aún tiene la silla atorada, corcovea de nuevo, esta vez en serio. Inclina la cabeza hacia abajo al mismo tiempo que alza el trasero. No puedo sostenerme. Con un ruido seco, las ancas de Whiskey me disparan limpiamente de su lomo, como una catapulta. Salgo despedida dando volteretas.

Golpeo el suelo con un *pum* y me quedo ahí tirada, luchando por respirar. No puedo. Alguien ha vaciado mis pulmones y anudado mi garganta. Escucho los cascos de Whiskey mientras se aleja como un rayo por el sendero.

Incapaz de respirar, siento como si cayera por el centro de un remolino hasta que todo se pone oscuro.

Capítulo nueve

La cabeza me dueeeeeeeele. Ay. *Aaayyyy.*

Abro lentamente los ojos. Recobro la conciencia. Estoy rodeada de verde. Miro hacia arriba, hacia la cúpula oscura que forman los árboles. Con una lenta y horrenda precisión, los eventos de la mañana se organizan en mi memoria. Ahogo un gemido mientras todo vuelve a entrar en foco. Cierro los ojos de nuevo. Si Darren aún está cerca, no quiero saberlo. Todavía no.

Siento unas fuertes palpitaciones en la cabeza. Todavía debo estar viva.

Abro un poco los ojos e inspecciono mi entorno. Estoy tirada en la tierra, de espaldas, con las piernas extendidas frente a mí. Hay una mancha de sangre en la punta de mi bota derecha. Veo que está mezclada con bosta de caballo seca y casi sonrío. Me pregunto a qué habrá sabido eso. Mis jeans están cubiertos de tierra. No tengo puestas las chaparreras; están tiradas junto a Darren, que está sentado en una roca a unos diez pies de distancia. Siento una ola de terror.

El cuchillo está afuera otra vez y Darren se está limpiando las uñas con la punta de la navaja. Está tarareando, absorto en su enfermizo ritual de aseo. Mientras lo miro, unas gotas rojas escapan de debajo de una de sus uñas. Ahogo un escalofrío de asco.

Concentración. No miedo.

Arranco mis ojos del desastre de sangre y vuelco mi atención a los ruidos que nos rodean. Hago un esfuerzo por escuchar, pero lo único que alcanzo a oír son las hojas de los álamos susurrando en la brisa.

Miro alrededor sin mover la cabeza. Estamos en un lecho rocoso elevado. Estoy tirada en un claro con la espalda apoyada en un montículo de tierra. Me duele todo el cuerpo después de haber sido lanzada del lomo de Whiskey. Doblo los dedos dentro de las botas. No hay dolor. Todavía puedo sentir las piernas. Muy bien.

Flexiono lentamente los músculos de los brazos. ¿Dónde están mis dedos? No los siento. Concentrándome, logro que se muevan. Ah. Ahí están, en algún lugar sobre mi cabeza. Siento un leve hormigueo en las manos. Trato de separarlas, pero no puedo. Creo que tengo las muñecas atadas.

Siento pulsaciones en el hombro, donde lo torció Darren. Lo miro otra vez para asegurarme de que siga concentrado en su macabro aseo. Después echo un rápido vistazo hacia arriba.

Mi corazón da un vuelco. Me ha atado. Mis muñecas están atadas entre sí y a una raíz expuesta en el suelo erosionado. La raíz es vieja y retorcida y está cubierta de liquen verde. No puedo ver más allá del tronco, hasta la parte más alta, así que no sé qué tan grande es el árbol. Maldición.

Pero mirando a los lados he logrado ubicarme. Estamos en la cresta oeste. Hay un bosquecillo de álamos un poco más abajo, un ejército de troncos blancos que marchan por el bosque tan lejos como alcanzan a ver los ojos. Sólo hay una arboleda igual cerca del rancho.

A punta de cuchillo

Debo haber llegado bastante lejos con Whiskey antes de caerme. O tal vez fue Darren el que me arrastró hasta aquí. Por el estado de mis jeans, pienso que es probable que me haya arrastrado.

Pues ahora él es el idiota. Porque el río pasa justo a un lado del bosquecillo de álamos que está más abajo. Y junto al río está el sendero principal. Darren no puede saberlo. No puede oír el río debido al constante *sssssshhhhhh* de los álamos. Es muy bueno que se haya detenido aquí. Si no lo hubiera parado el empinado terraplén, me habría seguido arrastrando hasta llegar al río. Después se habría dado la vuelta y me habría llevado otra vez al monte. Y entonces yo no sería ya más que otra estadística.

Pero todavía no soy una estadística. Y tampoco tengo planes de serlo.

Miro el cielo azul y después las sombras del entorno. Calculo que hemos estado fuera un par de horas. Si el grupo de las once de la mañana salió por el sendero del río, como hacen casi siempre los viajes de una hora, en el próximo rato pasará toda una hilera de gente muy cerca, por la parte baja. Ante la idea de ser rescatada, mi corazón late más fuerte.

Miro a Darren. Me devuelve la mirada. Ya sabe que estoy despierta.

Mi esperanza se agota rápidamente. Tal vez no me quede mucho tiempo.

—Bueno, bueno —dice, arrastrando los sonidos. Una sonrisa deforme le tuerce la arruinada cara. Mis entrañas se hacen un nudo por una repentina ola de adrenalina—. Parece que Jilly Bean se ha metido en un verdadero problema —dice. Claro que, sin dientes, suena más a: *Padeze que Dilly Bean ze ha metido en un vedadedo pobema.* Me muerdo los labios para reprimir una inesperada sonrisa.

A punta de cuchillo

—Máz vale que no intentez nada túpido de nuevo —cecea. Con una mirada demente y obscena, Darren pone el cuchillo a plena vista.

Mi impulso por sonreír se desvanece. Voltea el cuchillo por uno y otro lado. No puedo alejar los ojos del largo y brillante filo.

Trago saliva y mi seca garganta hace un chasquido. Toso.

Me mira de nuevo. Se levanta lentamente, agarrando el cuchillo sin fuerza; parece muy despreocupado, como si no estuviera a punto de acuchillar a otro ser humano hasta matarlo. No me quita los ojos de encima.

Antes incluso de decidir que voy a hacerlo, lanzo ferozmente las botas hacia arriba, contra la mano que sostiene el cuchillo. *¡Toc!*

Contacto perfecto. El cuchillo sale volando de su mano... y cae justo en el montón de tierra que hay a mi lado.

¡No! *¡NO!* Casi lanzo un grito de frustración. Lo pateé hacia el lado equivocado. Si lo hubiera pateado hacia el otro, habría caído por el borde del acantilado y hacia los árboles, donde él nunca podría encontrarlo. ¿Qué estaba pensando? ¿Qué estaba *pensando?*

Sorprendido, Darren se mira la mano vacía. Voltea a ver el cuchillo.

No voy a esperar a que lo recoja. Lanzo los pies hacia su entrepierna, conectando un golpe directo con un ruido seco espantoso. Deja escapar un sonido gutural y se dobla hacia adelante. Sigo pateando, como un niño pequeño que está haciendo un berrinche en el suelo del supermercado.

Encorvado sobre sí mismo, se agarra la entrepierna con una mano y se escuda de mis implacables patadas con la otra. Casi me da lástima. Le estoy dando una muy buena pelea. No soy una víctima fácil.

A punta de cuchillo

Ese último pensamiento me devuelve la sangre fría. Puede ser que esté ganando la batalla, pero estoy muy lejos de ganar la guerra. Todavía estoy atrapada con un violador chiflado que anda por ahí con un cuchillo y que muy pronto va a recuperarse del trauma testicular que le he provocado. Y todavía estoy atada a un árbol en medio del bosque, donde nadie puede verme u oírme.

¡Oírme! ¿Por qué he tardado tanto tiempo en darme cuenta de que debo gritar? Con los pies aún girando como un molino, aspiro una enorme bocanada de aire y empiezo a chillar.

Capítulo diez

Tengo que reconocerle algo a este tipo: a pesar del dolor, se mueve rápido. Apenas sale el primer sonido de mis pulmones, me encuentro al cretino sentado sobre mi pecho y metiendo un trapo en mi boca abierta. Lo mete tan adentro que creo que me voy a ahogar. Trato de empujarlo hacia afuera con la lengua.

Busca en su bolsillo, saca un trozo de nailon *beige*, lo pasa sobre mi boca y por mi nuca. Hace un cuidadoso nudo en mi mejilla. ¿Pantimedias? ¿De quién eran estas pantimedias? Se me ponen los pelos de punta.

Me enferma la idea de que tuviera todo esto planeado. Mientras yo le contaba la historia de mi vida, este chalado estaba pensando en cómo llevarme al interior del bosque para violarme y matarme. ¿Estaría planeando lo que haría, paso a paso, mientras me miraba arrear a los caballos esta mañana? ¿Por qué me eligió a mí? ¿Por qué no estuvieron Carrie y Laura cerca esta mañana para ver cuando me iba? ¿Por qué no regresé para confirmar que Darren se hubiera registrado?

Las preguntas imposibles de contestar dan vueltas en mi cabeza. Cierro los ojos y trato de controlar mis arcadas.

Si vomitara ahora, me atragantaría y moriría.

Siento que las lágrimas se acumulan en mi garganta de nuevo, pero las hago desaparecer. Tengo que seguir pensando, seguir moviéndome. Seguir tratando de salir de este insólito lío.

—Puta imbécil —dice Darren arrastrando las palabras; junta mis piernas y se sienta en mis muslos. *Imézil*. Ahora no puedo moverme en absoluto. Se estira hacia un lado y recoge el cuchillo del sitio donde cayó, en la tierra.

Esta vez no puedo detenerme. Sollozo. Las lágrimas escapan por mis mejillas.

Como si fuera un niño que acaba de espiar el contenido de su calceta de Navidad, Darren me mira, encantado. Una sonrisa sorprendida eleva los lados de sus ojos. Parpadea y, absorto, pasa el pulgar por el borde del cuchillo. Se me escapan nuevas lágrimas cuando veo que la afilada hoja del cuchillo desaparece limpiamente en la parte carnosa de su pulgar. Gotas de sangre roja salen a la superficie y fluyen hacia su muñeca.

Se pone el pulgar en la boca y lo chupa. Siento en la boca un sabor a bilis. Mientras se lame el pulgar ensangrentado, me mira y lanza un gemido.

Es un lunático.

Tan rápido como apareció, mi desesperación se evapora. El asco y la furia lo reemplazan. A través de la mordaza, gruño mi repugnancia. Muevo las manos. Cuando voltea a verlas, adelanto los puños y levanto al aire los dedos corazón. Su sonrisa se desvanece lentamente y entrecierra los ojos viendo los míos. Tal vez ha sido un error, pero este cretino no va a ganar sin que le dé una buena pelea.

De repente Darren me embiste y aprieta su cara contra la mía. Sus pupilas son enormes y negras, como algo muerto.

—Voy a matarte muy lentamente, Jilly —susurra. Su lengua sale como una víbora de su boca deshecha y serpentea por mi rostro. Me dan arcadas.

Se sienta respirando con agitación y me mira por un momento. Entonces sonríe y desliza el cuchillo bajo uno de los botones de mi camisa.

Ping. El botón salta por el aire, casi como algo cómico.

Ping. Otro.

Ping.

La cabeza me da vueltas. La oscuridad me envenena. ¿Cuánto tiempo pasará antes de que encuentren mi cuerpo? ¿Y si me arrastra a lo más profundo del bosque? El pánico amenaza con ahogarme, pero lo reprimo. Regresa enseguida, como una pelota de playa

A punta de cuchillo

que sube de golpe a la superficie de un lago.

¿Qué va a hacer con el cuchillo?

Darren escucha mis pensamientos y abre su sangrienta boca en una sonrisa.

—Te van a encontrar en un millón —*ping*— de pequeños —*ping*— pedazos.

Ping. El último botón sale disparado. Cierro los ojos con fuerza, tratando de pensar en algo alegre. La luz del sol, nuestra cocina, playas, un *latte* de vainilla de Starbucks.

Abro los ojos y me obligo a regresar a la realidad. El sudor gotea de la frente de Darren. Está jadeando por el esfuerzo de serruchar mi ropa. La sangre mancha sus atractivos rasgos. Su boca es un desastre desigual y destruido de encías sangrantes y dientes rotos.

No quiero morir aquí. Una furia intensa me inunda, por mi situación, por mi indefensión.

Al diablo, pienso. Con un megaimpulso de adrenalina, empujo hacia abajo con los dos brazos. "*¡RRRAAAAAAARRGGGHH!*", rujo a través de mi mordaza como un animal arrinconado.

La raíz a la que estoy atada no se mueve.

Pero el árbol sí.

Con un chasquido, el viejo árbol se mueve en la tierra agrietada y semidesprendida por la erosión. Sobresaltado, Darren mira hacia arriba. Es entonces cuando doy otro tirón. Con un fuerte crujido, el árbol cede por completo. Vuela por el aire sin que me toquen sus enfangadas raíces. Ahora puedo ver que es un enorme y viejo tocón. El tiempo queda suspendido por un momento. Miro con asombro cómo el tocón flota por el espacio que hay sobre mí. Debe pesar más que yo.

Golpea a Darren en el pecho, noqueándolo hacia atrás, contra la tierra, y dejándome a mí en una posición sentada. Parpadeo, sorprendida de encontrarme en una situación distinta tan rápidamente.

Vaquera 1: Psicópata 0.

Desde abajo de la masa de madera, Darren lanza un gemido. Aún está consciente.

Mierda. Sus lamentos me despejan la cabeza. Darren puede estar derribado, pero yo sigo atada a un tocón de cien libras de peso. No habrá escape sino hasta que me haya desatado del tronco.

Capítulo once

Frenética, pateo la raíz a la que están atadas mis manos. Se rompe en el tercer golpe y me pongo de pie.

Me lanzo a toda carrera por los espesos matorrales, los pies guiándome hacia un estrecho sendero de ciervos que sigue la ladera. Estoy segura de que me llevará al río. Ahí es donde terminan todos los caminos de animales.

A punta de cuchillo

Mi cuerpo entero parece haber cambiado por completo, como si estuviera hecho de electricidad. Mis manos todavía están atadas, pero las aprieto contra mi pecho. Extiendo los codos para no perder el equilibrio. Salto, fuerte y limpiamente, sobre troncos caídos; me agacho y esquivo las ramas bajas. Así es sin duda como se siente ser un ciervo. Casi lo estoy disfrutando, excepto por el hecho de que hay un asesino demente atrapado bajo un tocón detrás de mí.

Ah, pero es todavía peor. No es cualquier asesino demente. Estamos hablando de Darren Parker. El loco, ineludible, imposible de derrotar Darren Parker. Lanzo un bufido, imaginando por un instante que me persigue por el bosque con un disfraz de conejo rosa y aporreando un enorme tambor de *Energizer*.

Así que cuando escucho sus pisadas detrás de mí en el sendero no me sorprendo. A este tipo le encanta la persecución. Y simplemente no logro que se rinda, sin importar cuántas veces lo intento. Me doy cuenta de que lo más probable es que esta parte del asunto sea su favorita.

Pero lo último que quiero es que me atrape otra vez. Porque sé que no habrá terceras oportunidades. Si esta vez me agarra, acabará conmigo donde sea que haya caído.

Ahora puedo escuchar su respiración, pesada y rítmica. Está a unos veinte pies de distancia.

Mi cerebro borra todo rastro de parloteo histérico y empieza a analizar con calma la situación. A un lado, el bosque de pinos sube por la ladera, oscuro y compacto. Justo enfrente, el sendero de ciervos continúa entre la hierba hasta donde alcanza mi vista. A mi izquierda, el terraplén se hunde cien pies hacia las copas de los álamos.

A punta de cuchillo

No puedo trepar por el bosque. Él es más rápido y más fuerte, así que me alcanzaría.

No puedo seguir corriendo. Mi pecho está a punto de estallar. No puedo respirar con esta mordaza. Y es imposible correr más rápido que él con los brazos atados.

Pero no estoy lista para morir.

Al menos, no en sus términos.

Giro en seco a la izquierda. Hacia el precipicio. Por el aire.

Capítulo doce

Esperaba morir. Casi estoy cansada de no morir, cansada de tener que seguir con este ridículo juego del gato y el ratón. Ya soy un ratón cansado y quiero dejar de jugar.

Pero no puedo. No mientras todavía me quede un poco de jugo. No cuando aún existe la posibilidad de que ese engendro maltrecho siga por ahí buscándome.

A punta de cuchillo

Pienso que es imposible que Darren se haya atrevido a seguirme por el acantilado. Es demasiado alto como para sobrevivir la caída. Él, igual que yo, no podía saber que abajo había un tocón podrido. Tampoco tenía idea de los montones de ramas suaves de abeto que suavizaron la caída.

Miro a mi alrededor. Es una locura. Estoy en cuatro patas, enterrada hasta los codos en ramas húmedas y suaves. Me duele el cuello por la caída y tengo diminutas briznas rojizas de abeto *Douglas* en los orificios de la nariz, pero de algún modo sigo viva.

Me impulso con las manos y trato de pararme en la montaña de madera en descomposición, pero es demasiado espesa y blanda, así que me caigo con un *plum*. Me quedo tendida un momento, extasiada de repente. ¡Estoy viva! ¿Quién lo hubiera dicho?

Pero todavía tengo que salir de aquí. Tengo que ir a un lugar seguro. Tengo que encontrar gente. Antes de que ese asqueroso me encuentre a *mí*.

La idea de ser atrapada me pone en acción. Ruedo por la montaña podrida y me levanto con las piernas temblorosas. Meto los dedos bajo el nailon que tengo atado sobre la boca. Tiro de él. La banda se aprieta detrás de mi cabeza. Con un chirrido, la delgada tira de tela sintética se estira. He logrado aflojarla un poco. La deslizo hacia arriba, por la frente, y la tiro entre los matorrales. Empujo con la lengua seca y logro sacarme la mordaza de la boca. El aire fresco, frío y húmedo, entra en mi cuerpo a raudales. Siento como si estuviera bebiendo una nube.

¡Quisiera poder sacarme la cuerda de las manos! Busco algo puntiagudo a mi alrededor, una roca. Pero no hay nada más que hierba, árboles y flores silvestres. Me pregunto por un instante qué tan largo es el camino hasta la ribera. ¿Cuánto tiempo pasará antes de que Darren llegue al cruce de senderos? ¿Cuánto tardará en dar la vuelta por el camino del río y encontrarme?

Un pequeño animal hace susurrar las hojas que hay a mis pies y doy un salto. De repente el pánico me sacude y empiezo a correr. Sigo la bajada gradual de la colina hacia el río. Puedo ver el agua verde azulada que destella a la luz del sol. Debo llegar al sendero principal.

Corro a través de los arbustos, corro hacia abajo, abajo, abajo. Cuando golpeo con los pies la tierra apretada del sendero del río, siento una ola de alivio. Casi caigo al suelo por la gratitud.

Miro hacia ambos lados del camino. No hay nadie a la vista. Miro río arriba, tan lejos como alcanzan mis ojos. Tampoco hay nadie en el agua.

Es curioso: no había considerado la posibilidad de que no hubiera nadie en los alrededores. No pensé en nada aparte de llegar al sendero del río. En mi confundido terror, simplemente di por hecho que habría alguien aquí parado, esperándome con una manta y una taza de café caliente. Pero no hay nadie esperando. Sigo estando sola. Perseguida por un loco siniestro cubierto de sangre.

Lo escucho antes de verlo. Oh. Dios. Mío. Esto no acabará nunca. Estoy viviendo mi propio infierno privado. Tal vez sea una venganza por haberle tomado el pelo a mi amiga Jennifer en quinto grado porque se afeitaba las piernas. Tal vez es una revancha del karma porque me comí la última de las galletas integrales de chocolate de Brenda cuando se quedó dormida en el autobús en el viaje de esquí. O tal vez es una penitencia por haber publicado fotos de gente desnuda en el periódico de mi secundaria.

Lanzo una risita, aguda y ruidosa, apenas en el margen de la cordura.

Darren aparece en el camino, en la distancia. Está gritando, pero la falta de dientes distorsiona sus palabras. No entiendo lo que dice. No es que me importe. Es un avispón enfurecido que no logra que su víctima se quede quieta el tiempo suficiente para picarla.

Quiero quedarme en el sendero, pero es imposible correr más rápido que él.

Las aguas verdes del río se agitan con violencia a mis pies. Es profundo y rápido y no tengo un chaleco salvavidas, y mis manos están atadas y muy cerca hay una serie de rápidos horrendos donde me voy a ahogar, pero es el único lugar que se me ocurre para alejarme de este psicópata.

Cierro los ojos por un momento. Un profundo suspiro sale arrancado del fondo de mi alma y escapa de mis labios partidos y sangrantes.

Con los ojos aún cerrados, salto al agua.

Capítulo trece

El agua helada del río alimentado por glaciares me golpea y despeja mi cabeza. Cuando mis pulmones se recuperan, tomo una gran bocanada de aire para flotar y me pongo de espaldas.

No voy a pensar en los rápidos que están más adelante. No voy a pensar en que estuve a punto de morir dos años antes, cuando los atravesé a nado durante el entrenamiento de guías de ríos. Nos hicieron saltar por un lado y que pasáramos por lo que los guías llaman el Desfiladero del Infierno: una franja de remolinos, máquinas lavadoras y olas permanentes que le oprimen las entrañas a cualquiera. Y eso fue *con* un traje de buzo, *con* un chaleco salvavidas y *con* las manos libres. Fue terrorífico.

Puedo ver a Darren corriendo por la ribera. Está haciendo un baile de saltitos repugnantes mientras me sigue. La corriente del río es rápida, pero él lo es más en tierra. Me pregunto si saltará para atraparme. Dios mío, espero que no. Probablemente no lo haga. Me dijo que no es un buen nadador.

Un momento. Tal vez sería bueno entonces.

¡Salta!, pienso. *¡Salta, engendro!*

No lo hace.

Reviso la orilla, pero no veo señales del grupo de las once de la mañana.

¿Dónde están? Mi optimismo anterior se disuelve de pronto. Puede ser que Darren no entre al agua para atraparme, pero a menos que alguien lo detenga en el camino, estará esperándome cuando el agua me arrastre a la orilla al fin, hipotérmica y tratando de tomar aire.

A menos que nade al otro lado, descubro. La reserva de las Naciones Originarias está de ese lado. Seguramente podría arrastrarme hasta ahí, caminar a alguna casa y pedir permiso para usar el teléfono.

Echo un vistazo a la ribera otra vez. Sigue ahí, avanzando a saltos. Lleva las manos a los lados de la cara y está bailando por ahí como si estuviera en un circo. ¿Cómo es posible que haya espacio para tanta locura en un solo cerebro?

Mientras lo miro, se detiene un momento para sacar su cuchillo. Después reanuda su danza retorcida, agitando el cuchillo en el aire. Sus carcajadas llegan hasta mis oídos. Está disfrutándolo. Sabe que va a ganar. Me estremezco, sólo en parte por el agua helada.

No.

No va a ganar.

Todavía flotando de espaldas, me pongo en ángulo hacia la otra orilla y empiezo a patalear.

El agua es rápida. Lucho contra el impulso instintivo de bajar los pies al fondo. El año pasado, en clase de educación de exteriores, vimos un video de la Cruz Roja que explicaba lo que pasa cuando tratas de pararte en un río de flujo rápido. Mostraban una vista aérea de un hombre real al que se le había atorado un pie entre dos rocas, en el lecho del río. No podía salir. Y el agua sólo… lo envolvía y lo aprisionaba. Contra el fondo. Me impresionó tanto ver el accidente, que no recuerdo si

A punta de cuchillo

lograron salvarlo. Sólo sé que la imagen se quedó grabada a fuego en mi cabeza.

Levanto brevemente la cabeza para ver cuánto falta para llegar a la otra orilla. El corazón se me atora en la garganta. Poco más adelante hay un enorme árbol caído. El tronco se extiende por la corriente. Sus raíces todavía están enterradas en la ribera, pero sus ramas y tronco están en el agua. Aunque está a un centenar de pies de distancia, no sé si voy a poder cambiar de dirección lo suficientemente rápido para eludirlo. Reviso frenéticamente todo el árbol, buscando un lugar sin ramas. Tal vez podría deslizarme entre ellas sin que me atraparan.

Porque si me atrapan, se acabó. Las ramas se enredarían en mi ropa y mi cabello y me atarían al árbol hasta que me ahogara o muriera de frío.

Pero tal vez no sería tan malo quedar atrapada en el árbol, reflexiono.

Porque al no poder mover las manos, voy a ahogarme en los rápidos que hay más adelante.

Como sea, no soy yo la que va a decidirlo. La corriente me arrastra río abajo, justo hacia el árbol muerto. Se acabó el tiempo. Cierro los ojos cuando el agua me empuja bajo el enorme tronco. En el último momento se me ocurre que podría sumergirme, muy hondo bajo la superficie, con la esperanza de evitar las ramas.

Pero es demasiado tarde. El árbol me atrapa y dejo de moverme. Me sujeta con sus ramas. El agua choca furiosamente contra mi cuerpo, haciendo una ola alrededor de mi cabeza mientras trata de arrastrarme río abajo.

Abro los ojos. Mi cabeza está sobre el agua. Todavía puedo respirar. Eso es muy bueno. Es asombroso, de hecho. Estoy del lado del tronco que queda río abajo, flotando de espaldas. La fuerza

A punta de cuchillo

del río me empuja, llenando mis botas de agua y dirigiendo mis pies hacia la corriente. Mi hombro grita que lo están arrancando. Me saco las botas a patadas. Demasiado peso.

Una bota sale a flote, medio sumergida. Veo cómo se llena de agua y se hunde hasta desaparecer. Echo un vistazo a la orilla, pero no veo a Darren. Mi corazón da un vuelco. ¿Dónde está? Si no puedo verlo, ¿dónde está?

Estoy en el lado del tronco que queda río abajo, casi libre. Pero estoy atorada por la cuerda que tengo en las muñecas. Una fuerte rama se ha metido entre mis manos, bajo la cuerda, y aprisiona mis muñecas contra el árbol. La rama está del otro lado del tronco. No hay forma de que me arrastre río arriba lo suficiente como para doblar mis codos y soltarme del gancho. Ni siquiera el Increíble Hulk podría hacerlo. El río me está empujando con unas trescientas libras de presión. Estoy atorada.

Ensangrentada, golpeada y completamente exhausta, me doy cuenta de mi extrema impotencia. Mis dientes empiezan a castañetear. Trato de detenerlos. Ya he experimentado antes las primeras señales de la hipotermia. Sé que el castañeteo alimentará mi pánico y no me dejará pensar.

Piensa.

Uso los pulgares para saber qué hay alrededor. ¿Puedo enganchar uno debajo de la cuerda? Tuerzo las manos dentro de su prisión, estirando los músculos para encontrar un lugar donde pueda meter un dedo. El agua ha aflojado un poco la cuerda. Logro tirar de una de las lazadas con un pulgar. Lo meto debajo. *¡Sí!* Encajo la palma por el nuevo hueco.

Lubricada por el correr del agua, la cuerda se abre contra mi mano.

A punta de cuchillo

Sigo moviendo los pulgares, buscando la siguiente lazada por deshacer. Otra más se abre. Siento cómo la cuerda se afloja alrededor de mis muñecas.

Lleno de esperanza, mi corazón deja de latir por un segundo, pero me obligo a concentrarme en lo que estoy haciendo. Muevo las dos manos como si formaran una mariposa con una coyuntura extraña. *Flap. Flap.* La cuerda resbala de mis manos.

La dejo ahí, enroscada en una rama.

La corriente me lleva río abajo.

Hacia el Desfiladero del Infierno.

Capítulo catorce

Tengo alrededor de dos minutos antes de que empiecen los rápidos. Suficiente tiempo para salir. Miro hacia adelante para asegurarme de que no haya otros troncos atravesados esperando para atraparme en su leñoso abrazo. No, no hay nada en el agua. Me muevo en ángulo hacia la orilla cercana, hacia la reserva, pataleando con las piernas heladas.

Remo con los brazos, que parece como si fueran de plomo.

Ya estoy muy cerca de la orilla.

De repente descubro el error de mi plan. La costa no está llena de hierba o de arena. Ni siquiera de grava. Es una pared de piedras. Y como de veinticinco pies de alto.

Es así porque se trata del principio de un desfiladero.

No me permito ni un segundo de quejas ante este nuevo espantoso acontecimiento en mi día. Tengo frío y cada vez me siento más estúpida, pues mi conciencia está mermando lentamente hasta no ser más que un botón concentrado en sobrevivir a este maldito desastre. Tengo que reservar mi energía mental para encontrar una manera de salir de los rápidos. No puedo trepar por este lado. Y ese estúpido monstruo con cuchillo está en alguna parte de la otra orilla. No tengo alternativa.

Tengo que nadar por los rápidos.

Me giro para nadar de frente y dirijo la cabeza río abajo. Obligo a mis brazos a nadar mientras el rugido de los cercanos rápidos se hace más fuerte. Para no ser succionada bajo la superficie tengo dos opciones: ir más rápido o más lento que el agua. Sin un bote y un remo, es imposible controlar mi velocidad lo suficiente como para ir más lento. Pero sí puedo nadar más rápido que la corriente.

Así que eso hago. Giro mis plomizos brazos como las aspas de un molino y pataleo con fuerza, tratando de mantener la cabeza sobre la superficie para poder ver las piedras peligrosas. He dirigido muchas balsas por este cañón antes, pero las cosas se ven muy distintas desde arriba, por encima de la superficie del agua. Aquí abajo las cosas pasan muy rápido y es difícil ver a través del agua burbujeante y blanca.

No estoy segura de dónde está todo, pero recuerdo las partes más importantes.

El estruendo se vuelve ensordecedor. Entonces, de repente, hay una bajada.

Estoy dentro. El tronar del agua me llena la cabeza. Trago un sorbo de agua gélida tras otro mientras me precipito por la masa de olas agitadas. Arriba, abajo, me sumerjo.

Una roca roza mi tobillo derecho bajo el agua. Aspiro un trago helado. Mi rodilla izquierda se golpea de lleno contra otra roca. Grito y me atraganto. Nado con más fuerza, levantando la cabeza para ver lo que tengo enfrente.

Me elevo con una ola muy alta y miro alrededor, planeando mi recorrido. Ya pasó una cuarta parte, pero todavía falta lo peor. Estoy bastante segura de que me rompí la rótula. Pataleo de todas formas.

Es. De verdad. Un día. Terrible. Mis ojos captan un vislumbre de una camisa roja en la orilla y siento una ola de alivio.

¿Alivio? Eso es un poco retorcido.

Ajá, supongo que es retorcido. Sabes que las cosas son un verdadero desastre cuando te encuentras con que sientes alivio al ver al demente que ha decidido matarte a cuchillazos.

Pero lo que pasa es que si puedo verlo, al menos sé dónde está. Mejor que esté allá lejos que apareciéndose sigilosamente en el agua a mi lado. Tiene una rama enorme y la está arrastrando por el sendero. ¿Qué démonios está haciendo ahora?

Me deslizo por la parte baja de una ola y pataleo hasta la cresta de la siguiente. Ahora estoy en el canal central, lejos de la mayoría de las rocas, pero los rápidos más peligrosos están más adelante.

El río se retuerce y da vueltas en su camino a través del cañón, haciendo eses a toda velocidad. Me deslizo por una curva y experimento una gran emoción fugaz. Una pila de rocas apiladas se

A punta de cuchillo

extiende desde la orilla hasta casi el centro del río. ¡Podría treparla antes de llegar a la presa!

Pero tan pronto como se me ocurre esa idea me doy cuenta de que es imposible. Estaría trepando directamente hacia una sentencia de muerte. Porque en algún lugar por ese lado, Darren me está esperando. Con un cuchillo. Y ahora también con una enorme rama.

Está esperando a que me dé por vencida. Esperando a que, deshecha y congelada, nade hasta la ribera.

Miro hacia el frente. Borro esa última parte. No está esperando a que yo vaya hacia él. Va a *engancharme*. Y para lograrlo ha conseguido una caña de pesca tamaño diablo.

Miro horrorizada cómo llega Darren hasta el final de la pila de rocas y se pone la enorme rama al hombro. Mientras lo veo, levanta la rama y después la baja sobre el agua. Está planeando engancharme y arrastrarme a la costa.

Y no tengo forma de detenerlo.

Mientras la corriente me lleva a un lado de las rocas, el monstruo ensangrentado se inclina por el borde. Mueve la rama hacia mí con fuerza y me engancha la camisa. Trato de soltarme dando manotazos. Intento liberar el cuello de mi camisa de la punta de madera. No puedo. Tengo los dedos ateridos. No se doblan lo suficiente. Grito por la frustración y el miedo.

Aún asida a la rama, el agua me balancea por el borde de la punta rocosa, hacia el remolino que hay más adelante. Si cruzo hacia el remolino, donde el agua se mueve más lentamente, Darren podrá pescarme con facilidad. Y matarme. A menos que logre, de alguna manera, impedir que me arrastre hacia la orilla.

En cualquier caso es probable que muera. Pero prefiero morir en los rápidos, gracias. Y entonces una idea me golpea como un rayo. Es una idea perfecta, redonda y brillante, tan fácil que mi cansada mente puede entenderla. Da tanto miedo como el infierno, pero es la única solución que puedo ver para terminar con toda esta locura.

Sin vacilar ni un instante, muevo los dos brazos hacia atrás. Me aferro a la rama con las manos heladas. Tiro con fuerza. Con un grito, Darren la deja ir… pero es demasido tarde. El tirón lo ha hecho perder el equilibrio, así que cae al agua detrás de mí con un chapoteo. Mis mejillas heladas se estiran para formar una sonrisa.

De verdad, es una lástima que no sea un buen nadador.

Porque voy a presentarle a este payaso a mi amiguito traicionero.

El Hacedor de Viudas.

Capítulo quince

Ahora que Darren está en el río conmigo, no voy a tomar ningún riesgo. Quiero alejarme de él tanto como pueda. Sumerjo la cabeza y me impulso con más fuerza, tratando de nadar lo más rápido posible. Pataleo y atravieso las continuas olas, más cerca del centro del canal. Ahí es donde una estrecha lengua de agua verde corre limpiamente sobre las rocas y no se repliega sobre sí misma como el resto del Hacedor de Viudas. Si puedo avanzar por la parte verdosa, es posible que salga de aquí con vida.

Algo me agarra una pierna por debajo del agua. Grito con desesperación, pateando con los dos pies. Giro los brazos y me doy la vuelta, levantando las piernas. Pero no es nada. Sólo mi mente, que me está haciendo trampas. El rugido atronador del Hacedor de Viudas se escucha más cerca ahora.

No mucho detrás de mí, Darren chapotea con furia en los rápidos. Su cara deshecha se asoma y desaparece con la corriente. Quisiera poder alejarme nadando y no volver a verla nunca más.

Me doy cuenta de que mi lucha con el imaginario enemigo que me había atrapado la pierna me ha sacado de curso. No estoy bien alineada para entrar al canal verdoso. Ahora las cosas están pasando con mucha rapidez.

En lugar de deslizarme hacia la parte segura, paso por un enorme banco de rocas y entro a un hueco espumoso. Más que verlo, lo siento y el pánico se apodera de mi corazón.

No se suponía que esto pasara.

Por un momento me olvido de Darren y de su cuchillo, de su cara destrozada y de su deseo de destazarme. Apenas me doy cuenta de lo que está pasando, empiezo a impulsarme con brazos y piernas. Necesito moverme más rápido que el agua.

No puedo dejar que el agujero me succione.

Pero no puedo liberarme. El terror me invade cuando la corriente me arrastra hacia la trampa llena de espuma blanca.

—¡NO! ¡Nooooooooo! —Mi voz suena como si estuviera a mil años luz de distancia, débil y amortiguada. Me duelen los ojos mientras araño el agua que hay delante de mí—. ¡NO!

Pataleo, histérica, tanto que mi cadera amenaza con soltarse de sus coyunturas. Grito todas las maldiciones que se me ocurren, insultando a la corriente y a su esfuerzo obsesivo por sumergirme en este enorme volteador hidráulico. He visto hundirse canoas enteras en este tipo de rápidos. Si entro, no podré salir sino hasta que el río se seque o hasta que el Hacedor de Viudas me escupa cuando se le dé la gana. Podrían pasar horas. Podrían pasar semanas. Simplemente me quedaría dando vueltas debajo de la ola con todos los demás desechos que han quedado atrapados con el paso de los años. Troncos. Chalecos salvavidas. Pedazos de barcos.

Darren.

Lanzo un sollozo ante este último pensamiento, arañando el agua con más fuerza aún.

Y entonces, inexplicablemente, me libero. Luchando por respirar y girando como las aspas de un molino, salgo disparada de los rápidos mortales y me precipito río abajo, todavía atascada en mi pesadilla de aguas blancas espumeantes. Me doy la vuelta y miro, con los ojos desorbitados, detrás de mí.

Me giro justo a tiempo para ver algo rojo sumergirse del otro lado del banco de rocas.

Exhausta y con miedo de creer lo que ven mis ojos, dejo de nadar. Reacia a sacar los ojos del Hacedor de Viudas, miro el agua con atención, temiendo que Darren salga a la superficie y arremeta contra mí. Pero no lo hace. Miro y espero, pero no lo hace.

No lo hace.

El río se ensancha y su corriente se vuelve más lenta conforme los rápidos se pierden de vista.

Mi lucha contra el río ha calentado mi cuerpo, pero estoy completamente destrozada. Echo la cabeza hacia atrás y me dejo llevar por un momento, escuchando el rugido de la corriente que pasa por el Desfiladero del Infierno. Es increíble, pero tal parece que soy tan difícil de matar como el mismísimo Sr. Muerte.

Sólo que ahora el muerto es él.

El Hacedor de Viudas se hizo cargo de eso.

Cuando ya no puedo escuchar el rugido de los rápidos, levanto la cabeza y miro a mi alrededor. Reviso la ribera en busca de alguna señal de caballos o de excursionistas, pero no hay nada. Supongo que no hubo un paseo a las once de la mañana después de todo. O tal vez Carrie y Laura todavía están durmiendo y los visitantes están pasando el rato en el corral, esperando que aparezca algún jinete para empezar su día. ¡Caramba! ¡Pensar que esta mañana estaba tan angustiada por tener que arrear un simple montón de caballos yo sola! De repente me parece gracioso y me echo a reír.

Al ver unas balsas tras una curva del río, más adelante, me río otra vez. Sólo son dos, grandes, azules y llenas de personas con cascos que se disparan con pistolas de agua bajo el sol de julio. Están acercándose a la orilla para disfrutar del almuerzo junto al río. Sus voces llegan hasta mí en la suave brisa.

Con calma, como si no acabara de ser perseguida a través del bosque por un psicópata desquiciado, como si no acabara de escapar de ser asesinada y cortada en mil millones de pedazos diminutos, como si no acabara de ir y volver del infierno en las aguas heladas del río Sawtooth, les grito.

—¡Hey! ¡Hola!

El grupo voltea hacia el agua. Trajes azules y cascos amarillos, como una especie de ejército de plástico. Inspeccionan el agua, tratando de encontrar el origen de esa voz tan inesperada.

—¡Hola! —digo de nuevo. Nado hacia ellos. Me miran fijamente. No se me ocurre qué más decir. No se me ocurre cómo comenzar esta conversación, cómo decirles lo que acabo de vivir.

Cuando se dan cuenta de que no llevo chaleco salvavidas, varios hombres reman hacia mí con fuerza. Sonrío por su caballerosidad, por su deseo instintivo de protegerme de la traicionera agua helada.

Si tan sólo supieran.

Uno de ellos me alcanza con la parte posterior de su remo. Lo agarro con mis manos congeladas y dejo que me arrastre a la orilla, consolada por el suave plástico del mango. Debo tener muy mal aspecto, porque nadie me regaña por estar en el agua sin chaleco salvavidas.

—Ya estás bien —me dice un hombre de mediana edad que podría ser mi padre. Mira mi rostro con atención. Su voz es suave—. Estás aquí. Estás con nosotros. Estás bien.

El hombre me ayuda a salir del agua y a cojear hasta la hierba, donde el grupo pensaba almorzar.

—Caramba, eres un desastre —dice otro—. ¿Por qué estás sola en el río? ¿Dónde está tu bote?

Todos se miran unos a otros, miran el agua. Están hablando a la vez, nerviosos, preocupados y con deseos de ayudar. Me castañetean los dientes. Trato de sonreír, pero creo que más bien termino haciendo una mueca congelada.

Una mujer me trae una manta y la pone sobre mis hombros.

—Querida, cuéntanos qué te pasó —dice. Su cálida voz hace que mi cuerpo empiece a temblar.

Me castañetean los dientes, tiemblo y sacudo la cabeza, incapaz de hablar. Me abraza. Otro remero me frota la espalda. Uno de los guías comienza a examinar mi rodilla a través de mis destrozados jeans. Otro me sirve una taza de chocolate caliente de un termo.

Me apoyo en la señora de la manta y me sacudo.

—¡Jill! —Una voz familiar atraviesa los murmullos del grupo. Miró detrás de mí, hacia el sendero. James está montado en su caballo, con aspecto arrogante y preocupado a la vez—. ¿Qué demonios? ¿Estás bien? Tu yegua regresó galopando al rancho con la silla volteada. ¿Qué está pasando?

Antes de que pueda contestarle o insultarlo o decirle que renuncio o reírme por lo absurdo de toda esta ayuda que aparece de repente, sólo un momento después de que la necesité, escucho el grito de otro de los guías.

—¡Oigan! —Está gritando a unos pies de nosotros, en la orilla río arriba. Todas nuestras cabezas se giran para mirarlo. Camina rápidamente hacia el grupo, sosteniendo algo de color marrón para que todos lo vean. Es joven, de mi edad tal vez—. Miren lo que arrastró el agua justo después del Desfiladero del Infierno. ¿No es rarísimo?

En una mano lleva un estuche de cuero. En la otra, un resplandeciente cuchillo. Lo acerca para que todos puedan verlo bien.

Todos menos yo. No miro el cuchillo. ¿Por qué iba a hacerlo? Ya lo he visto lo suficiente. Me tapo mejor con la manta.

—Querida —dice la mujer que me está abrazando. Tiene los brazos sobre mis hombros y sus suaves ojos castaños me miran fijamente. Se parece un poco

A punta de cuchillo

a mi mamá—. ¿Por qué no simplemente empiezas por el principio?

¿Tengo suficientes palabras para esto? ¿Las tendré alguna vez?

Respiro hondo y empiezo a hablar.

Títulos en la serie

orca soundings en español

A punta de cuchillo
(Knifepoint)
Alex Van Tol

A reventar
(Stuffed)
Eric Walters

A toda velocidad
(Overdrive)
Eric Walters

De nadie más
(Saving Grace)
Darlene Ryan

El blanco
(Bull's Eye)
Sarah N. Harvey

El plan de Zee
(Zee's Way)
Kristin Butcher

El qué dirán
(Sticks and Stones)
Beth Goobie

El soplón
(Snitch)
Norah McClintock

Identificación
(I.D.)
Vicki Grant

La guerra de las bandas
(Battle of the Bands)
K.L. Denman

La tormenta
(Death Wind)
William Bell

La verdad
(Truth)
Tanya Lloyd Kyi

Los Pandemónium
(Thunderbowl)
Lesley Choyce

Ni un día más
(Kicked Out)
Beth Goobie

Revelación
(Exposure)
Patricia Murdoch

Un trabajo sin futuro
(Dead-End Job)
Vicki Grant